邱燮友 採編

散文美讀

東大圖書公司印行

國家圖書館出版品預行編目資料

散文美讀／邱燮友採編.－－初版二刷.－－臺北市；
東大，民90
　　冊；　　公分

　　ISBN 957-19-1532-7　（平裝）

850

網路書店位址　http://www.sanmin.com.tw

ⓒ　散　文　美　讀

採編者　邱燮友
發行人　劉仲文
著作財
產權人　東大圖書股份有限公司
　　　　臺北市復興北路三八六號
發行所　東大圖書股份有限公司
　　　　地址／臺北市復興北路三八六號
　　　　電話／二五〇〇六六〇〇
　　　　郵撥／〇一〇七一七五――〇號
印刷所　東大圖書股份有限公司
門市部　復北店／臺北市復興北路三八六號
　　　　重南店／臺北市重慶南路一段六十一號
初版一刷　中華民國七十年一月
初版二刷　中華民國九十年十月
　編　號　E 85004
　基本定價　玖元捌角
行政院新聞局登記證局版臺業字第〇一九七號

散文美讀

——國中國文白話散文美讀CD——

邱燮友教授	指導
國立師範大學噴泉詩社	朗誦
李娓娓　　趙婉成	配樂
張培展　　曾銘方	錄音
中國廣播公司	錄製
東大圖書公司	發行

噴泉詩社朗誦隊：

社長：鄭家如

策劃：傅淑芳　　劉建國

女聲：李叔明　　陳光郁　　李惠明　　傅淑芳　　張美玲
　　　尤惠珍　　鄭家如

男聲：吳高崗　　楊棨烺　　白繼尚　　倪達仁　　賈至達
　　　楊基典　　劉建國

散文美讀　目次

CD　1

CD 2

CD　1

散文美讀

一、序

　　散文，便是不押韻的文章，它沒有固定的形式，沒有一定的格式，隨作者興之所至，觸筆之處，自然生花。因此，無論寫景、傳記、敘事、抒情、詠物、說理，都可以寫成散文。

　　散文的可愛，就像聊天一樣，可以從中國的月亮，談到西遊記裡的美猴王；從失根的蘭花，談到我所知道的康橋；從下雨天真好，談到鄉下人家；只要是生活的、有意義的，不管是魚，是鳥，是孤雁，是一朵小花，都是寫散文的好題材。它提高了我們生活的藝術，也擴展了我們心靈的視野和諦聽，培養了我們愛民族、愛同胞、愛國家的情操。

　　文章需要靠反覆的吟誦，來傳達心聲，只有透過美讀和朗誦，才能更深切的體會到其中的趣味和精神。願朗朗的書聲，與您共享。

中華民國六十九年十月錄製

二、美猴王　吳承恩的作品

東勝神州海外有一國土，名曰傲來國。國近大海，海中有一座名山喚為花果山。那山頂上有一塊仙石，自開闢以來，每受天真地秀，日精月華，感之既久，遂有靈通之意，內育仙胎。一日迸裂，產一石卵，似圓球樣大。因見風，化作一個石猴，五官俱備，四肢皆全。

　　那猴在山中卻會行走跳躍，食草木，飲澗泉，採山花，覓樹果，與猿鶴為伴，麋鹿為群；夜宿石崖，朝遊峰洞。真是山中無甲子，寒盡不知年。一朝天氣炎熱，與群猴避暑，都在松陰之下頑耍了一會，卻去那山澗中洗澡，見那股澗水奔流，真個是滔滔不竭。

　　眾猴都道：「這股水不知是哪裡來的水。我們今日趁閒，順澗邊往上溜頭尋看源流耍子去耶！」喊一聲，眾猴一齊跑來，順澗爬山，直至源流之處，乃是一股瀑布飛泉。眾猴拍手稱揚道：「好水！好水！哪一個有本事的，鑽進去尋個源頭，出來不傷身體者，我等即拜他為王。」連呼了三聲，忽見叢雜中跳出一個石猴，高叫道：「我進去！我進去！」

　　好猴！你看他瞑目蹲身，將身一縱，逕跳入瀑布泉中。忽睜眼抬頭觀看，那裡邊卻無水無波，明明朗朗的一座鐵板橋。橋下之水沖貫於石竅之間，倒掛流出去，遮閉了橋門。又上橋頭再看，卻似人家住處一般，好個所在。看罷多時，跳過橋左右觀看。只見正當中有一石碣，碣上鐫著：「花果山福地，水簾洞洞天。」石猴喜不自勝，復瞑目蹲身，跳出水外，打了兩個呵欠道：「大造化！大造化！」眾猴圍住問道：「裡面怎麼樣？水有多深？」石猴道：「沒水，沒水，原來是一座鐵板橋，橋那邊是一座天造地設的家當。」眾猴道：「怎見得是個家當？」石

猴笑道：「這股水乃是橋下沖貫石竅，倒掛下來，遮閉門戶的。橋邊有花有樹，乃是一座石房。房內有石鍋、石竈、石碗、石盆、石床、石凳。中間一塊石碣，上鐫著『花果山福地，水簾洞洞天。』真個是我們安身之處，我們都進去住，也省得受老天之氣。」眾猴聽得，個個歡喜。都道：「你還先走，帶我們進去。」石猴卻又瞑目蹲身，往裡一跳。眾猴隨後也都進去了。跳過橋頭，一個個搶盆、奪碗、占竈、爭床，搬過來，移過去。正是猴性頑劣，再無一個定時，只搬得力倦神疲為止。石猴端坐上面道：「列位啊！『人而無信，不知其可。』你們才說有本事進得來，出得去，不傷身體者，就拜他為王。我如今尋了這一個洞天，與列位安眠穩睡，各享成家之福，何不拜我為王？」眾猴聽說，即拱服禮拜，都稱「千歲大王」！自此石猴高登王位，將「石」字隱了，遂稱「美猴王。」

〔說明〕

這是從吳承恩的西遊記第一回中節選出來的，記述孫悟空出世的故事。

吳承恩（1510～1580），字汝忠，號射陽山人，明淮安府山陽縣（今江蘇省淮安縣）人。著有「西遊記」和「射陽存稿」。

從吳承恩的另一部神怪短篇小說「禹鼎志」的序中，得知他幼年即喜好奇聞，在他小時上社學的時代，就背著家人和老師買一些野言稗史的書來看。長大後，博極群書，更是喜歡這類「奇聞」的書。難怪他把古本的西遊記，改寫成詩文並茂，趣味橫生，且情節更富變化一百回的西遊記。胡適在西遊記考證一文中，批評「西遊記的神話是有『人的意味』的神話」。可惜吳承恩的「禹鼎志」已失傳，不然更有

一番熱鬧和趣味。

美猴王這篇的朗誦處理，是用說書的方式，將故事的情節，由一人主誦鋪展開來，遇到書中人物對話的部分，便分別由數人擔任，與主誦者造成對比。這篇文章透過美讀和配樂之後，更能體會故事的內容，文章的脈理，使故事中描寫的人物，栩栩若生；同時，也使幻想世界的美感，融入現實經驗之中。

三、孤 雁　作者佚名

沙洲上，蘆叢中，寒星點點的夜裡，雁兒們一對對交著頸子睡了。可是孤雁卻得不到安眠。「孤雁，好好地守著更吧。有惡人來了，要叫醒我們大家啊！」「好吧！」孤雁回答著，心裡卻覺得悲涼。寒星照在蘆葦上微微發光，猶如沾著了眼淚，風吹來，便真的窸窣地啜泣了。孤雁斂著翅膀，側著頭，小心地向四周偵望。

忽然間，看見蘆叢後火光一閃，一會兒，又一閃。孤雁一緊張，便立刻引吭呼叫起來。正睡著的雁也都醒來了，看一看四周，卻沒什麼事。大家於是發了怒，以為孤雁故意撒謊，生生地將牠們的美夢擾醒了。啄！啄！啄得孤雁瑟縮地躲在一邊暗自悲傷。

一對對的雁兒們，又都交著頸子入睡了。忽然間，孤雁又看見一閃火光。牠警告自己：「別再無端打擾人家啊。」然而，接著又是一閃，又一閃。這一次，可總靠得住了吧！孤雁於是更為焦急。呼叫得也就更嘹亮了。「嘎咕嘎咕！起來，起來，嘎咕！」然而，還是沒出什麼事。「守的什麼更！」孤雁自然又得

被啄了，而且啄得更厲害。牠被認為是幸福的搗亂者了。孤雁著實覺得委屈。

獵人拿著香炬在空中閃著，一次又一次。巨大的人影，也矗立在眼前了。孤雁於是急急地鼓著翅膀，破著喉嚨，只是叫喚。然而一對對交著頸子酣睡的雁兒們，卻懶得來理會牠。

獵人們拿著網籮，越走越逼近，蘆葦也嗤嗤地響了起來。孤雁慌忙地拍拍翅膀飛到空中，卻還是急急地在拼命叫喚著。「嘎嘎！醒醒吧！醒醒吧！嘎嘎！」在這可怕的喧鬧聲裡，一對對酣睡著的雁兒們，睡興還是濃濃的。

狡獪的獵人伸出殘酷的手，將一隻隻熟睡著的雁兒放進了網籮。孤雁於是在空中瘋了似地迴繞著，嘎嘎地慘哭起來了。等到牠滴下了沉重的眼淚，才將這幸福群中的一兩隻打醒。雖說是逃脫了性命，然而，卻已多半成為「孤雁」；「孤雁」從此也就多起來了。

〔說明〕

這一篇是從「鳥與文學」裡節選出來的。作者佚名。

孤雁的內容，記敘一隻失去配偶的孤雁替雁群守夜的故事。也是一篇很好的寓言小品，警惕世人不可有苟且偷安的念頭，亦如孟子所說的「生於憂患而死於安樂」，意思相近。

我國的寓言小品，起源於傳說和神話，如「盤古的開天闢地」，說明了人類的智慧，是不斷地往外擴展；「夸父追日」，說明了人類追逐理想的決心；「愚公移山」說明了群體合作的力量，以及團隊精神的可貴，使不可能的事也成為可能。其後，先秦諸子中的寓言，魏晉南北朝筆記中的寓言，唐宋以來古文家的寓言，以及近世白話散文中的寓

言，都是我國文學中發人深省的作品。所謂「絃外之音」，是意在字裡行間之外，要由讀者玩索其味而自得。

本篇美讀的處理，情節敘述的部分，由一女聲採用旁白方式來講述，另一女聲，報導孤雁內心的感受，以及孤雁的外貌和動作。再由一男聲代表孤雁，配以眾聲代表群雁，在群雁中，以一蒼老之聲，代表雁群中的長老。使朗誦的聲音戲劇化、情節化，更具效果。

四 、鄉下人家　　陳醉雲的作品

鄉下人家，雖然住著小小的房屋，但每愛在屋前搭一瓜架，或種南瓜，或種絲瓜，讓那些瓜藤緣上棚架，爬上屋簷，當它們結實的時候，青的瓜，紅的瓜，一個個掛在門前，襯著長的藤，綠的葉，真是十分美麗。

這種裝飾，別有風趣，比那廣廈門前蹲著一對石獅子或是豎著兩根大旗竿，似乎可愛得多了。

有些人家，更在門前場地上種幾株花：芍藥、鳳仙、雞冠花、大理菊，依著時令，順序開放，樸素中帶著妍麗，卻也充分地顯出農家的風光。

還有些人家，更在屋後種幾十枝竹，綠的葉，綠的竿，造成了一片綠綠的濃蔭。您如果在春季的宿雨之後，到那邊去逛，便會看到許多筍，成群地攢露在地上，使您實際領會到「雨後春筍」那句話的情景。

雞，鄉下人家照例總要養幾隻的，您如果從他們的門前屋後走過，定會瞧見一隻母雞，率領一群小雞，在竹林中覓食；或是瞧見聳著尾巴毛的雄雞，在場地上大踏步地往來。

倘若是他們的屋後有一條河流，您更會在石橋旁邊，在綠樹蔭下，見有一群鴨子，游泳水中，不時把頭鑽到水下去覓食；即使附近石埠上有婦女在擣衣，牠們從不吃驚。

您若是在夏天傍晚出去散步，那麼鄉下人家的晚飯，每比都市中人吃得早，便會瞧見他們把桌椅飯菜搬在門前，天空地寬地喫起飯來。天邊的紅霞，向晚的微風，都做了他們的好友；即使有幾隻歸鳥從他們頭上飛過，他們也保持著仁愛的友誼，並不像饕家那樣，會想擎起槍來，把牠們打下來當作盤飧。

秋天到了，紡織娘便寄住在他們的屋前的瓜架上，每當月明人靜的夜裡，牠們便唱起歌來：「織，織，織，織呀！織，織，織，織呀！」那歌聲真好聽，比什麼催眠歌都好聽，使得那些勞苦一天的人們，甜甜蜜蜜地走入夢鄉。

您可曾聽見過那些可愛的歌聲嗎？當那月明人靜的夜裡，「織，織，織，織呀！織，織，織，織呀！」如果您的門前有一個瓜架可以供給牠們休息。

〔說明〕

陳醉雲，浙江省上虞縣人，是現代小說家，詩人，所作散文，樸質而帶有泥土的氣息，引人入勝。著有「玫瑰」、「遊子的夢」等作品。

鄉下人家，寫鄉村的景色和鄉下人恬靜的生活，帶有濃厚鄉土的本色，也極富詩意。是一篇含有詩化的小品文，可知作者對鄉村生活有極深刻的體悟。這篇從鄉下人家的門口寫起，再寫門前的廣場，屋後的竹叢，然後寫鄉下人的生活，從春夏到秋，無一季節不是美好如詩，恬靜如畫，使人讀罷，嚮往不已。全篇結構由靜態的畫面開始，到動態的蟋蟀聲為止；從視覺意象的描摹，到聽覺意象的刻畫；從屋

前的瓜架談起，到門前有一瓜架結束，首尾圓合，前後呼應，頗具章法。

本篇朗誦的處理，始終採用淡淡的語氣來描述，而平淡之中，經常有驚訝的語調出現，使人感覺到鄉村生活的新鮮和佳趣。文章鋪敘，由數人輪誦，純一中有繁複的變化。末了，隨書聲引入寂靜的秋夜中，在紡織娘的鳴聲裡，在古箏的引導下，把往事一一沉澱，使浮燥的心境，予以淨化。

五、匆　匆　朱自清的作品

燕子去了，有再來的時候；楊柳枯了，有再青的時候；桃花謝了，有再開的時候。但是，聰明的，你告訴我，我們的日子為什麼一去不復返呢？——是有人偷了他們吧？那是誰？又藏在何處呢？是他們自己逃走了吧？現在又到了哪裡呢？

我不知道他們給了我多少日子，但我的手確乎是漸漸空虛了。在默默裡算著，八千多日子已經從我手中溜去，像針尖上一滴水滴在大海裡。我的日子滴在時間的流裡，沒有聲音，也沒有影子。我不禁汗涔涔而淚潸潸了。

去的儘管去了，來的儘管來著；去來的中間，又怎樣地匆匆呢？早上我起來的時候，小屋裡射進兩三方斜斜的太陽。太陽，他有腳啊，輕輕悄悄地挪移了；我也茫茫然跟著旋轉。於是——洗手的時候，日子從水盆裡過去；吃飯的時候，日子從飯碗裡過去；默默時，便從凝然的雙眼前過去。我覺察他去得匆匆了，伸出手遮挽時，他又從遮挽著的手邊過去；天黑時，我躺在床上，他便伶伶俐俐地從我身上跨過，從我腳邊飛去了。

等我睜開眼和太陽再見，這算又溜走了一日。我掩著面歎息，但是新來的日子的影兒，又開始在歎息裡閃過了。

在逃去如飛的日子裡，在千門萬戶的世界裡的我，能做些什麼呢？祇有徘徊罷了，祇有匆匆罷了；在八千多日的匆匆裡，除徘徊外，又賸些什麼呢？過去的日子，如輕煙，被微風吹散了；如薄霧，被初陽蒸融了；我留著些什麼痕跡呢？我何曾留著像游絲樣的痕跡呢？我赤裸裸地來到這世界，轉眼間也將赤裸裸地回去吧？但不能平的，為什麼偏要白白走這一遭啊？

你，聰明的，告訴我，我們的日子為什麼一去不復返呢？

〔說明〕

朱自清（1898～1948），字佩弦，浙江省紹興縣人。為近代著名的散文家，也寫過詩。他的散文清新雅潔，自成一家，與徐志摩的絢麗奔放、許地山的樸質堅實、周作人的鄉土本色異趣。著有「踪跡」、「背影」、「歐遊雜記」等書。

「匆匆」是一篇流傳極廣、膾炙人口的小品，文章短而清新，主題雖是老生常談的話題，卻能翻新，以見新意。描寫時光容易消逝，勉人愛惜光陰，莫讓歲月蹉跎，一事無成。在朱自清的筆下，他努力描寫日子的飛逝，無聲無影；但燕子去了，有再來的時候，桃花謝了，有再開的時候，祇有日子一去不復返，使人歎息，使人驚惕。全篇文章輕快，主題明顯，合乎他自己所說的，寫散文的三大原則：第一要清，第二要冷，第三要簡潔。

本篇朗誦的處理，由一男聲獨白，並配以另一男聲，用感慨的語氣，嗟歎時光的流逝。其中摻入女聲，加強詢問的口吻，問日子消逝何處？末了，在疊誦中，採用階聲法，希望尋得答案的心情下，追問

六、諦　聽　張騰蛟的作品

只要肯凝神去諦聽，就可以懂得萬物的語言，像我剛才就是。我僅僅在那山腳下，駐足片刻，各種聲音便已盈耳。

首先聽到的，是在我身邊樹下那幾棵小草的聲音。它們說在樹底下經過長久的忍耐和鍛鍊後，再也不懼怕那棵樹的巨大身軀了。它們為了自己的成長和苗壯，要把莖葉從樹底下伸探出來，以便接受更多的陽光和雨露；也要讓根兒在地下鑽向更深更遠的地方，以便吸收更多的水份和營養。

一條小溪自遠方匆匆走過，我也聽到了小溪上萍葉的聲音。它們一直都在抱怨著小溪為什麼走得那樣匆忙，為什麼不給它們一個停留、喘息的機會。

時序才剛剛邁入秋季，一群群的樹葉便開始討論對付隆冬欺凌的方法。它們決定盡全力來保護枝頭，因為枝頭就是它們的家，它們的子孫將在這裡一代代地接續下去。葉子們說，萬一抵擋不了嚴冬的侵襲時，我們也要新生一代的芽兒們，接續著奮鬥下去，直到把冬天趕走。

一陣笑語自山中飄了過來，可能是山說的，也可能是谷說的、澗說的。它們說給風聽，說風很傻，說風為什麼老是去扭曲那些炊煙？為什麼老是去吹皺那些平靜的水面？為什麼老是去追趕那些雲呢？結果怎麼樣？沒有一縷炊煙會被風吹斷，沒有一片水面永遠是皺著的，而曾經被追趕的雲，也沒有一朵會迷失方向。

我在很久很久以前，就懂得諦聽了。記得我離開故鄉的那一年，站在一個擠滿人群的海灘上，就清清楚楚地聽到背後那一群山的哭泣，哭訴著叫我不要離開。這多少年來，我一直還聽到那一群山在對我呼喚，呼喚著我的名字，要我早一點兒回去。

〔說明〕

張騰蛟（1930年生），山東省高密縣人，筆名魯蛟，是現代詩人和散文家。著有「鄉景」、「海的耳朵」等書。

這是從「鄉景」中節選出來的一篇小品文，用「諦聽」作標題，很具吸引力。「諦」本是佛家語，含有真言的意思，在此作審悟、詳盡解；「諦聽」是傾耳聽其真言而有所領悟。正如作者開門見山式，在開端便點題：「只要肯凝神去諦聽，就可以懂得萬物的語言。」本文主旨，在告訴人們只要肯運用想像，去聽大自然的聲音，便可獲得「天趣」和「物外之趣」；同時，作者在末了點出「那一群山對我的呼喚」，也是故鄉的呼喚。比起一般寫思鄉或鄉愁的文章，技巧更為高妙。

諦聽一文的結構也很別緻，從時間的軌跡來看，由春到夏，到秋冬四時，到無時無刻；從空間的軌跡來看，由小草的聲音，萍葉的聲音，樹葉的聲音，山谷的聲音，到故鄉的聲音，由小到大，由近而遠。最後烘托出故鄉的呼喚，也是心靈的吶喊，像一塊巨大無比的磁鐵，吸引著遊子回去。

本篇朗誦的處理，標題用眾聲齊誦，引人入文；其後用低沉的語調，作心靈獨白式的美讀，道出自然界各種美好的「天籟」。但這些天籟，都與故鄉息息關連，語氣中帶有濃濃的情感，以達以聲入情的效果。情節鋪敘的部分，由一男聲擔任，其中疊誦部分，採女聲複誦，

迴旋中有遼闊之境，空靈中有嫋繞之感，低徊縈繫，久久猶在，使人喚起沉湎已久的回憶。

七、背　影　朱自清的作品

　　我與父親不相見已二年餘了，我最不能忘記的是他的背影。

　　那年冬天，祖母死了，父親的差使也交卸了，正是禍不單行的日子！喪事完畢，父親要到南京謀事，我也要回北京念書，我們便同行。

　　到南京時，有朋友約去遊逛，勾留了一日；第二日上午，便須渡江到浦口，下午上車北去。父親因為事忙，本已說定不送我，叫旅館裡一個熟識的茶房陪我同去。他再三囑咐茶房，甚是仔細。但他終於不放心，怕茶房不妥帖；頗躊躇了一會。其實，我那年已二十歲，北京已來往過兩三次，是沒有甚麼要緊的了。他躊躇了一會，終於決定還是自己送我去。我兩三回勸他不必去，他只說：「不要緊，他們去不好！」

　　我們過了江，進了車站，我買票，他忙著照看行李。行李太多了，得向腳夫行些小費才可過去，他便又忙著和他們講價錢。我那時真是聰明過分，總覺他說話不大漂亮，非自己插嘴不可。但他終於講定了價錢，就送我上車。他給我揀定了靠車門的一張椅子，我將他給我做的紫毛大衣鋪好座位。他囑我路上小心，夜裡要警醒些，不要受涼；又囑託茶房好好照應我。我心裡暗笑他的迂，他們只認得錢，託他們直是白託；而且我這樣大年紀的人，難道還不能料理自己麼？唉！我現在想想，那時真是太聰明了！

我說道：「爸爸，你走吧。」他望車外看了一看，說：「我買幾個橘子去，你就在此地不要走動。」我看那邊月臺的柵欄外有幾個賣東西的等著顧客。走到那邊月臺，須穿過鐵道，須跳下去又爬上去。父親是一個胖子，走過去自然要費事些。我本來要去的，他不肯，只好讓他去。我看見他戴著黑布小帽，穿著黑布大馬褂，深青布棉袍，蹣跚地走到鐵道邊，慢慢探身下去，尚不大難。可是他穿過鐵道要爬上那邊月臺，就不容易了。他用兩手攀著上面，兩腳再向上縮；他肥胖的身子向左微傾，顯出努力的樣子。這時我看見他的背影，我的淚很快地流下來了。我趕緊拭乾了淚，怕他看見，也怕別人看見。我再向外看時，他已抱了朱紅的橘子望回走了。過鐵道時，他先將橘子散放在地上，自己慢慢爬下，再抱起橘子走。到這邊時，我趕緊去攙他。他和我走到車上，將橘子一股腦兒放在我的皮大衣上，於是撲撲衣上的泥土，心裡很輕鬆似的。過一會說：「我走了，到那邊來信！」我望著他走出去。他走了幾步，回過頭看見我，說：「進去吧，裡邊沒人！」等他的背影混入來來往往的人叢裡，再找不著了，我便進來坐下，我的眼淚又來了。

　　近幾年來，父親和我都是東奔西走，家中光景，一日不如一日。我北來後，他寫了一信給我，信中說道：「我身體平安，惟膀子疼痛得厲害，舉箸提筆，諸多不便，大約大去之期不遠矣。」我讀到此處，在晶瑩的淚光中，又看見那肥胖的青布棉袍，黑布馬褂的背影，唉！我不知何時再能與他相見！

〔說明〕

　　在朱自清的散文作品中，以「背影」一篇，最為出色，也是他的

－13－

代表作。其他如「匆匆」、「春」、「給亡婦」、「荷塘月色」、「槳聲燈影裡的秦淮河」等，都是一般讀者所喜愛的散文。

背影一篇的開端，用很平實的文句報導，且含蘊著無限的親情，寫父子之情，天倫之愛，並把「背影」拈出，直接點題。接著，用倒敘法，回憶兩年前的往事，先說他父親不如意的遭遇，失業又喪母；但並不因遭遇不好，便喪失鬥志，因此透過他父親的口，道出「好在天無絕人之路」。

繼而描寫作者和他的父親同到南京，一是到南京謀職，一是上北京念書，於是展開父子在浦口車站分別的情景。這段車站送別的特寫，便是全文主題的所在，作者連續用「背影」共兩次，連首尾二段各一次，再加上標題，便出現了五次「背影」。這是很巧妙的重出，使父親的形象一再的浮現在腦際，於是「那肥胖的青布棉袍，黑布馬褂的背影」，給人留下一個清晰的印象，也表現了父子連心的親情。

這一篇採用倒敘手法寫成，在朗誦的處理上，由兩位男聲分別代表過去的和現在的作者，另一男聲，代表作者的父親。其中插入女聲，用旁白的口吻，描述他的父親爬過月臺去買橘子的情景，使單純的獨白聲中，具有追溯往事的效果。因此，平靜的心湖，被思親情懷所激蕩，而悠悠的南胡聲，更襯出親人的背影，在聲聲的掩抑下，重重疊現。

八、中國的月亮　　林良的作品

人類最初對月亮有情，大概是由於月亮的「會偷看」。在靜夜，在孤獨的時候，一抬頭，月亮在那邊看著你。許多夜間的秘密，祇有月亮知道。月亮慢慢成為人人的「自己人」。人類學

會對月亮傾訴，有聲的，無聲的，月亮就成為人人的「密友」。

太空中那塊「離地球很近」的、寂寞的大石頭，一跟多情的人類接觸，它的生命就開始豐富起來。本來是「無情」的「月」，卻成了「有情的人」。世界上許多民族，文明的、野蠻的，都有古老的關於月亮的神話。這些神話，從現代觀點看起來，不幸不但沒使月亮不朽，反而證明月亮已「朽」。那些「月亮故事」使現代的教育家緊張，在講述的時候忘不了補充一句：「那是假的。從現代科學的觀點來看，月亮怎麼樣怎麼樣……。」這一聲「那是假的」，就足夠使月亮全「朽」。那種「科學月亮」實在要命，太不可愛了。

不過月亮所交的朋友當中，也不是全都冷面無情的。它運氣很好，交上了一個真正愛月的民族，那就是我們這些黃帝的子孫。我們這個民族，在我們的文學作品中，賦予月亮不朽的生命，主要的不是靠著神話，而是從心靈的深處，從日常生活中，從感覺中，真摯的愛上了月亮。我們賦予月亮一種永恆不朽的詩趣。月亮照著漢朝的宮殿，照著唐朝的長安，也照著高樓大廈，照著違章建築，從古代到現代，一直在安慰那些屋子裡的人。

我們這個民族，認為祇有靠月亮，才能完成一幅「文學上的不朽的圖畫」，那些圖畫，不祇是畫面美，而且含有濃厚的情感色彩。唐朝夜裡的長安城，必須靠月光來裝飾才夠美，最好是整座城都映著月光。這種「染月光」的意念，使李白寫出「長安一片月，萬戶擣衣聲」的有名的詩句。這種「文學上的不朽名畫」，詩人李白會畫，詩人杜甫也會畫。杜甫畫的是「星垂平野闊，月湧大江流」，想想那滔滔滾滾的大江，那波浪上跳動的

月光！王維運用月亮的天然光，就像現代室內裝飾藝術家運用燈光那麼棒。「明月松間照，清泉石上流」，如果把柔和的月光去掉，不是味道全沒了嗎？對中國人來說，月亮就是「美的化身」，月亮就是「美」。

中國人喜歡跟月亮交往，文學作品上常常有「跟月亮在一起」的記述。李白有一次下山，月亮送他回家：「暮從碧山下，山月隨人歸」。老人家做人豪邁痛快，心情激動的時候怕人說他是瘋子，所以祇有去找月亮喝酒去，說過要到天上去找月亮玩兒的傻話：「欲上青天覽明月」。他常常請月亮喝酒：「舉杯邀明月，對影成三人」。李白、月亮、影子，多熱鬧，三個知心朋友；但是也多寂寞。杜甫也是「月友」，也說過「幾時盃重把，昨夜月同行」，愛月，跟月同行。王維彈琴的時候，月亮也伴著他：「松風吹解帶，山月照彈琴」。月亮是中國人永恆的朋友、真摯的朋友。

八月十五是我們中國人的「月亮節」。在這一天，我們應該為我們是愛月的民族覺得自負，因為我們靠著歷代作家和詩人的努力，已經賦予那塊在太空流浪的大石頭不朽的生命。我們的文學，使月亮從古代到現代，一直活在人類的精神生活裡。祇有中國人，對「月亮」這個語詞才有那麼豐富的「語感」。中國人把月亮迎接到現代，並且使它不露一絲兒「礦石味兒」。

〔說明〕

林良（1924年生），福建省同安縣人，筆名子敏，是現代的散文和兒童文學作家。著有「爸爸的十六封信」、「小太陽」等書，並和洪炎秋、何凡合著「茶話」。

中國的月亮便是從國語日報社出版的「茶話」中節選出來的。這篇文章的主題，在說明中國人是個愛月亮的民族，從古到今，在文學作品中，賦予月亮不朽的生命。於是文中不斷引述唐人的詩句，顯示詩人與月亮結了不解緣，藉柔和的月光，塑造了不少美的境界；同時，在寂寞時，詩人都把月亮當做朋友。於是我國歷代的文學，在在都與月亮有關，幾乎可成為一部「月亮的文學」。

我國是個愛月的民族，造成的文學是「月光文學」，淡淡地而有詩趣；音樂也是「月光音樂」。因此本篇的配樂，採用笛和琵琶，淡淡地而有深情，使它更能襯托本篇的主旨。

朗誦的處理，是採一男聲，將情節鋪展開來，再用女聲，以柔和的語調，烘托月光的世界，便是美的化身。文中詩句，由另一男聲誦出，其內容大半與月亮有關，且含有豪邁、飄逸、灑脫的胸襟，流露出中國人的情操和特性。中國人是世界上最柔和、最愛和平的民族，跟中國人在一起，決不會受到傷害，正如跟月亮在一起一樣，你聽過，有誰被月光曬傷了身子的事嗎？古典的月亮，古典的中國，加上古典的笛聲和琵琶聲，使人更沉湎在濃郁的古典氣息中。

九、鳥　　梁實秋的作品

我愛鳥。

從前我常見提籠、架鳥的人，清早在街上遛達（現在這樣有閒的人少了）。我感覺興味的不是那人的悠閒，卻是那鳥的苦悶。胳膊上架著的鷹，有時頭上蒙著一塊皮子，羽翮不整地蜷伏著不動，哪裡有半點瞵視昂藏的神氣？籠裡的鳥更不用說，常年的關在柵欄裡，飲啄倒是方便，冬天還有遮風的棉罩，十

分地「優待」，但是如果想要「搏扶搖而直上」，便要撞頭碰壁。鳥到這種地步，我想牠的苦悶，大概是僅次於黏在膠紙上的蒼蠅，牠的快樂，大概是僅優於在標本室裡住著罷？

我開始欣賞鳥，是在四川。黎明時，窗外是一片鳥囀，不是吱吱喳喳的麻雀，不是呱呱噪啼的烏鴉，那一片聲音是清脆的，是嘹亮的，有的一聲長叫，包括著六七個音階，有的只是一個聲音，圓潤而不覺其單調，有時是獨奏，有時是合唱，簡直是一派和諧的交響樂。不知有多少個春天的早晨，這樣的鳥聲把我從夢境喚起。等到旭日高升，市聲鼎沸，鳥就沉默了，不知到哪裡去了。一直等到夜晚，才又聽到杜鵑叫，由遠叫到近，由近叫到遠，一聲急似一聲，竟是淒絕的哀樂。客夜聞此，說不出的酸楚！

在白晝，聽不到鳥鳴，但是看得見鳥的形體。世界上的生物，沒有比鳥更俊俏的。多少樣不知名的小鳥，在枝頭跳躍，有的曳著長長的尾巴，有的翹著尖尖的長喙，有的是胸襟上帶著一塊照眼的顏色，有的是飛起來的時候才閃露一下斑斕的花彩。幾乎沒有例外的，鳥的身軀都是玲瓏飽滿的，細瘦而不乾癟，豐腴而不臃腫，真是減一分則太瘦、增一分則太肥那樣的穠纖合度，跳盪得那樣輕靈，腳上像是有彈簧。看牠高踞枝頭，臨風顧盼——好銳利的喜悅刺上我的心頭。不知是甚麼東西驚動牠了，牠倏地振翅飛去，牠不回顧，牠不徘徊，牠像虹似地一下就消逝了，牠留下的是無限的迷惘。有時候稻田裡佇立著一隻白鷺，拳著一條腿，縮著頸子，有時候「一行白鷺上青天」，背後還襯著黛青的山色和釉綠的梯田。就是抓小雞的鳶鷹，啾啾地叫著，在天空盤旋，也有令人喜悅的一種雄姿。

自從離開四川以後，不再容易看見那樣多型類的鳥的跳盪，也不再容易聽到那樣悅耳的鳥鳴。祇是清早遇到煙突冒煙的時候，一群麻雀擠在簷下的煙突旁邊取煖，隔著窗紙有時還能看見伏在窗櫺上的雀兒的映影。喜鵲不知逃到哪裡去了？帶哨子的鴿子也很少看見在天空打旋。黃昏時偶而還聽見寒鴉在古木上鼓噪，入夜也還能聽見那像哭又像笑的鴟鴞的怪叫。再令人觸目的就是些偶然一見的因在籠裡的小鳥兒了，但是我不忍看。

〔說明〕

梁實秋（1901年生），北平人。清華大學畢業後，留學美國，在科羅拉多大學、哈佛大學研究英國文學。民國十五年起，先後任暨南、青島、北京等大學教授。民國三十七年來臺，曾任師範大學教授、兼任英語系主任及文學院院長。曾任大同公司董事長。梁氏散文清新幽默，別具一格，著有「雅舍小品」、「秋室雜文」、「文學因緣」、「槐園夢憶」等書，並譯有「莎士比亞全書」。

「鳥」這一篇是從「雅舍小品」中節選出來的。開端便以「我愛鳥」，道出對自然界鳥類的珍愛，但一般人對鳥的珍愛，卻喜歡把它們關在柵欄裡，無形中，是對鳥類加以虐待。然後作者記敘在四川時，聽到各種鳥聲的感受，尤其是杜鵑叫，引來客居酸楚的心境。其次，作者又描述各種鳥類俊俏的外形和動作，使自然界增添美感和活力。最後一段寫作者離開四川後，在別處看到的鳥類，因此再想起一些被因在籠裡的小鳥兒，與首段呼應，以「我不忍看」做收結語，有諧趣。

大抵幽默的文章，詼諧的文字，要用諷刺的口吻，俏皮的語調來誦讀，語調中傳神的部分，才有入木三分之感。開始便採眾聲齊誦課文首句，然後個別展開不同的語調，分述各種鳥的處境和禮遇；接著

用不同的女聲，讚美鳥的鳴啼、外形和姿態。透露出諷刺中而有憐惜的心情，詼諧中而有警惕的意味，俏皮中而有告誡的語氣。使人讀罷，有反芻的作用。

CD 2

一、下雨天，真好　潘希真的作品

　　一清早，掀開窗簾看看，窗上已撒滿了水珠；啊，好極了，又是個下雨天。雨連下十天、半月、甚至一個月，屋裡掛滿萬國旗似的濕衣服，牆壁地板都冒著濕氣，我也不抱怨。雨天總是把我帶到另一個處所，在那兒，我又可以重享歡樂的童年。

　　那時在浙江永嘉老家，我才六歲，睡在母親暖和的手臂彎裡。天亮了，聽到瓦背上嘩嘩的雨聲，我就放了心。因為下雨天長工不下田，母親不用老早起來做飯，可以在熱被窩裡多躺會兒。我捨不得再睡，也不讓母親睡，吵著要她講故事。母親閉著眼睛，給我講雨天的故事：有個瞎子，雨天沒有傘，一個過路人見他可憐，就打著傘送他回家。瞎子到了家，卻說那把傘是他的。他說他的傘有兩根傘骨是用麻線綁住，傘柄有一個窟窿。說得一點也不錯。原來他一面走一面用手摸過了。傘主笑了笑，就把傘讓給他了。

　　我說這瞎子好壞啊！母親說：「不是壞，是因為他太窮了。傘主想他實在應當有把傘，才把傘給他的。」在熹微的晨光中，我望著母親的臉，她的額角方方正正，眉毛細細長長，眼睛瞇成一條線。我的啟蒙老師說菩薩慈眉善目，母親的長相一定就跟菩薩一樣。

雨下得越來越大。母親一起床，我也跟著起來，顧不得吃早飯，就套上叔叔的舊皮靴，頂著雨在院子裡玩。陰溝裡水滿了，白繡球花瓣飄落在爛泥地和水溝裡。我把阿榮伯給我雕的小木船漂在水溝裡，中間坐著母親給我縫的大紅「布姑娘」。繡球花瓣繞著小木船打轉，一起向前流。

　　天下雨，長工們不下田，都蹲在大穀倉後面彈豆子玩。我把小花貓抱在懷裡，自己再坐在阿榮伯懷裡，等著阿榮伯把一粒粒又香又脆的炒胡豆剝了殼送到我嘴裡。胡豆吃夠了再吃芝麻糖，嘴巴乾了吃柑子。大把的豆子一會兒推到東邊，一會兒推到西邊，誰贏誰輸都一樣有趣。下雨天真好，有吃有玩，長工們個個疼我，家裡人多，我就不寂寞了。

　　五月黃梅天，到處粘糊糊的，母親走進走出地抱怨，父親卻端著宜興茶壺，坐在廊下賞雨。院子裡各種花木，經雨一淋，新綠的枝子頑皮地張開翅膀，托著嬌艷的花朵，父親用旱煙袋點著它們告訴我這是丁香花，那是一丈紅。大理花與劍蘭搶著開，木犀花散布著淡淡的幽香。牆邊那株高大的玉蘭花開了滿樹，下雨天謝得快，我得趕緊爬上去採，採了滿籃子送左右鄰居。玉蘭樹葉上的水珠都是香的。

　　唱鼓兒詞的總在下雨天從我家後門摸索進來，坐在廚房的長凳上，唱一段「鄭元和學丐」。母親一邊做飯，一邊聽。晚上就在大廳裡唱，請左鄰右舍都來聽。寬敞的大廳正中央燃起了亮晃晃的煤氣燈，發出嘶嘶的聲音。煤氣燈一亮，我就有做喜事的感覺，心裡說不出地開心。雨嘩嘩地越下越大，瞎子先生的鼓咚咚咚咚地也敲得越起勁。母親和五叔婆聽了眼圈兒都哭得紅紅的，我就只顧吃炒米糕、花生糖。父親卻悄悄地溜進書

房作他的「唐詩」去了。

八、九月颱風季節，雨水最多。那時沒有氣象報告，預測天氣好壞，全靠有經驗的長工和母親看天色。雲腳長了毛，向西北飛奔，就知道颱風要來了。走廊下堆積如山的穀子，幾天不曬就要發霉，穀子發霉就是一粒粒綠色的麴。母親叫我和小幫工把麴一粒粒揀出來，不然就會越來越多。這工作真好玩，所以我盼望天一直不要晴起來，麴會越來越多，我就可以天天滾在穀子裡揀麴，多高興哪！

如果我一直不長大，就可以永遠沉浸在雨的歡樂中。然而誰能不長大呢？到杭州念中學了，下雨天，我有一股淒涼寂寞之感。

有一次，在雨中徘徊西子湖畔。我駐足凝望著碧藍如玉的湖水和低斜低斜的梅花，卻聽得放鶴亭中響起了悠揚的笛聲。那是許多年前的事了，笛聲低沉而遙遠，然而我卻仍能依稀聽見，在雨中。……

〔說明〕

潘希真（1917年生），浙江省永嘉縣人，筆名琦君。國立中央大學教授，當代散文家。著有「菁姐」、「紅紗燈」、「三更有夢書當枕」等書。

「下雨天，真好」，是作者回憶髫齡時代，有關雨天的一些趣事，類似沈三白「閒情記趣」中的「兒時記趣」，專寫兒童時代難忘的往事。這篇散文的開端，插入一則雨傘的小故事，很富教育意義，結果仁慈的傘主，就把雨傘送給瞎子。同時，也烘托了作者母親的慈祥。這則雨傘的故事，跟「下雨天」的標題，十分切合，真是一石二鳥的好手

法。

　　其次，引出一連串與下雨天有關的童年往事，在雨中玩水，在穀倉裡彈豆子，炒胡豆；在五月黃梅天氣，跟父親欣賞各種花卉；在雨天的夜裡，跟家人一起聽人唱鼓兒詞；以及八九月裡，稻子收成，遇到雨天，穀子發霉長麴，在稻穀堆中揀麴的往事，歷歷如繪。結束時，寫作者到杭州唸中學，在下雨天，反而有一股淒涼寂寞之感。

　　這是一篇回憶童年往事的文章，在朗誦處理上，採用獨白式的語調來追溯，再插入一些童稚的聲調，表現髫齡赤子的天真。其中母親為稚女講述雨天的故事，藉一把雨傘，啟發兒童的同情心，發揮對貧困者無限的關懷，緩緩道來，切中情節。朗誦時，並摻入兒歌，配合對兒時的懷念，在悠揚的小提琴聲中，更有一份雨天的情趣。

二、魚　　黃春明的作品

　　「阿公，你叫我回來時帶一條魚，我帶回來了，是一條鰹仔魚哪！」阿蒼蹬著一部破舊的腳踏車，禁不住滿懷的歡喜，竟自言自語地叫起來。

　　二十八吋的大車子，本來就不是像阿蒼這樣的小孩子騎的。開始時，他曾想把右腿跨過三角架來騎。但是，他總覺得他不應該再這樣騎車子。他想他已經不小了。

　　阿蒼騎在大車上，屁股不得不左右滑上滑下。包在野芋葉裡的熟鰹仔，掛在車把上，跟著車身搖晃得相當厲害。阿蒼知道，這條鰹仔魚帶回山上，祖父和弟弟妹妹將是多麼高興。同時他們知道他學會了騎車子，也一定驚奇。再說，騎車子回到坤頭的山腳，來回又可以省下十二塊的車錢。這就是阿蒼苦苦

地求木匠，把擱在庫間不用的破車，借他回家的原因。

　　沿路，什麼都不在阿蒼的腦裡，連破車子各部分所發出來的交響也一樣。他祇是一味地想盡快把魚帶給祖父。他想一見到祖父，他將把魚提得高高地說：「怎麼樣？我的記憶不壞吧。我帶一條魚回來了！」

　　　　　　　　✕　　　　　✕　　　　　✕　　　　　✕

　　「阿蒼，下次回家來的時候，最好能帶一條魚回來。住在山上想吃海魚真不便。帶大一點的魚更好。」

　　「下次回來，那不知道要在什麼時候？」

　　他們默默地繞過那條彎路。

　　「你到哪裡？」

　　「沒有啊。我送你到山腳。」

　　「不用啦。我自己會小心。下次回來，我一定帶一條魚。」

　　「那最好。不過沒有也就算了。有時候遇到壞天氣，討海人不出海，你有錢也沒魚吃。」

　　「希望不會遇到壞天氣。」

　　阿蒼不在意地眼望著山坡。他看到羊群在相思林裡吃草。

　　「我們的羊怎麼樣？」

　　「喔！我們的羊真好。」

　　「我想我們多養幾隻羊，以後換一套木匠的工具。」阿蒼隨手在路邊抽了一根菅蓁。

　　「小心你的手。菅蓁是會割傷手的。」老人忙著轉過話來：「你要木匠的工具了？」

　　「哼！」小孩子說：「我不但會釘桌子。櫥子、門扇、眠床、木箱我都釘過。」

老人愉快地說：

「好！我多養幾隻羊讓你換一套工具。」

「什麼時候？」

「不要急。阿公馬上就做。我用兩隻公羊去和山腳他們換一隻母羊，就可以開始了。」

「要快一點。我快做木匠啦！」

「所以啊！」老人愛憐地說：「目前什麼苦你都得忍耐。知道嗎？」.

「知道。我要忍耐。」

過了相思林，他們都看到遠處的埤頭停車牌子。他們沉默下來了。當他們真正踏到平地時，老人說：

「吃得飽嗎？」

「——」

「他們打你嗎？」

「——」

「怎麼了？不說話？」

小孩低著頭飲泣著。

「不要哭了。要做木匠的人還哭什麼？」

小孩搖搖頭。用手把眼淚揮掉，「我沒哭。」但是他還是不敢把頭抬起來。

「阿公，你回去啦。」

「好，我就回去，我站在這裡休息一下。你快點到車牌那裡等車。」

小孩走了幾步，被老人喊住了。

「你過來一下。」老人自己也走近小孩。「有一次阿公擔了

幾十斤山芋到街仔賣了錢，我就到市場想買一條魚給你們吃。車子來了沒有？」

「還沒。」

「車子來了你就告訴我。你知道，魚是比一般的菜都貴的。那一天，我在賣魚的攤位前，不知道繞了幾十趟，後來那些賣魚的魚販也懶得再招呼我了。但是，我還是轉來轉去，拿不定主意。你知道我為什麼？」

「想偷一條。」

「胡說！」老人把腰挺起來：「那才不應該。這種事千萬做不得。我死也寧可餓死！」他又彎下腰對小孩說：「因為魚很貴，並且賣魚的魚販子，不是搶人的秤頭，就是加斤加兩的。阿公又不懂得算，才問他們魚一斤多少錢，他們一手就抓起魚用很粗很濕的鹹草穿起來秤。你要注意車子喔！來了就告訴我。」

「還沒有來。」

「所以我不斷繞魚攤，一方面看魚，一方面看哪一個魚販的臉老實。最後我在一個賣鰹仔魚的攤位前停下來，向那個賣魚的女魚販子挑了一條鰹仔魚。我還一而再、再而三地說，要她秤得夠，千萬不要欺騙老人。她還口口聲聲叫我放心，結果買了一條三斤重的鰹仔魚，回到家一秤，竟相差一斤半！」老人的眉頭皺得很深：「一擔山芋的錢，才差不多是一條三斤重的鰹仔魚的錢……。」

「車子來啦！我聽到車子的聲音。」

因為把腰哈得太久，老人好不容易才把腰挺直起來，跟著小孩向路的那一端望車子。

「只聽到聲音，那沒關係。」

「說不定是林場的車子。」小孩興奮地說。

「那更好。不就可以搭便車了嗎？」停了一下。「等一等，我說到哪裡了？」

「你說一擔山芋的錢，差不多是一條三斤重的鰹仔魚的錢。」

「你都聽進去了？」

小孩點點頭。

「那簡直是搶了我一擔的山芋，害得我回來心痛了好幾天。說老實話，我一直到現在還不敢走進市場的魚攤哪！」老人長長地嘆了一口氣。「唉！山上的人想吃海魚真不方便……。」

「車來了。」

老人瞇著眼望著。

「在那裡。灰塵揚得很高的地方。」

「大概是車子來了。好吧，你快點過去。阿公不再送你了。我就站在這裡休息一下。」

「我走了。」

「阿蒼，不要忘了……。」

「帶一條魚回來。」小孩接下去說。

老人和小孩都笑了。

「阿公，我沒忘記。我帶條魚回來了。是一條鰹仔魚哪！」阿蒼一再地把一種類似勝利的喜悅，在心裡頭反覆地自言自語。一路上，他想像到弟弟和妹妹見了鰹仔魚的大眼睛，還想像到老人伸手夾魚的筷子尖的顫抖。「阿公，再過兩個月我就是木匠啦！」

卡啦！「該死的鏈子。」阿蒼又跳下車子，把脫落的鏈子安在齒輪上，再用手搖一隻踏板，鏈子又上軌了。從沿途不停地

掉鏈子的經驗，阿蒼知道不能踏得太快。但是他總是忘記。當阿蒼拍拍沾滿油污和鐵鏽的手，想上車的時候，他突然發現魚掉了。掛在把軸上的，只剩下空空的野芋葉子。阿蒼急忙地返頭，在兩公里外的路上，終於發現被卡車輾壓在泥地上的一張糊了的魚的圖案。

懊喪的阿蒼，被這偶發的事件，折磨了兩個多小時，他已不想再哭了。回到山上，遠遠就看到祖父蹲在門口，用竹青編竹具。他沒有勇氣喊阿公了。他悄悄地走近老人。老人猛一抬頭：「呀！你什麼時候回來的？」

「剛剛到。」說著就走進屋子裡面。

老人放下手上的東西，想跟到裡面。但是從他想站起來到他伸直腰，還有一段夠他說幾句話的時間。

「阿蒼，你回來時在山邊看到了我們的羊沒有？」老人沒聽到他的回答。「就在茅草那裡，你弟弟和妹妹都在那裡看羊。我替你辦到了，你就快要有一套木匠的工具啦！」

阿蒼在裡面聽了這話，反而心裡更覺得難過。

「阿蒼，你聽到了我講什麼嗎？」他一面說，一面走了進去。他還是沒聽到阿蒼的回答。「你到底怎麼了？像新娘子一樣，一進門就躲在裡面。」他到臥房，到工具間，再轉進廚房，才看到阿蒼把整個頭都埋在水瓢裡咕嚕咕嚕地喝水。

「噢！在這裡。帶魚回來了沒有？」

阿蒼還在喝水。

「這幾天天氣不好，市場上不會有魚的。」老人明知道這幾天的天氣很好。「不能以我們這裡的天氣為憑準。海上的天氣最多變了。」

阿蒼故意把臉弄濕。他想，這樣子祖父就不知道他哭了。

　　他把濕濕的臉抬起來說：

　　「有魚的！」

　　「魚呢？」

　　「我買回來了。是一條鰱仔魚。」

　　「在哪裡？」老人的眼睛搜索著廚房四周。

　　「掉了！」

　　「掉了？」

　　「掉了！」阿蒼不敢看老人的臉，又把頭埋在水瓢裡。他實在不想再喝水了。一點也不。

　　「這，這怎麼可能呢？」老人覺得太可惜了。以前買鰱仔魚被搶了秤頭的那陣疼痛，又發作起來。

　　但是阿蒼沒了解老人的意思。他馬上辯解著說：「真的！我沒有騙你。我掛在腳踏車上掉的。」

　　「腳踏車？」

　　「是的，我會騎腳踏車了！」阿蒼等著看老人家為他高興。

　　「車呢？」

　　「寄在山腳店仔。」

　　「掛在車上掉的？」老人一個字一個字說得很慢很清楚。阿蒼完全失望了。

　　「我真的買了一條鰱仔魚回來。它掉在路上被卡車壓糊了。」

　　「那不是等於沒買回來？」

　　「不！我買回來了！」很大聲地說。

　　「是！買回來了。但是掉了對不對？」

　　阿蒼很不高興祖父變得那麼不在乎的樣子。

－30－

「我真的買回來了。」小孩變得很氣惱。

「我已經知道你買回來了。」

「我沒有騙你！我絕對沒騙你！我發誓。」阿蒼哭了。

「我知道你沒有騙阿公，你向來不騙阿公的，只是魚掉在路上。」他安慰著。

「不！你不知道。你以為我在騙你……。」阿蒼抽噎著。

「以後買回來不就好了嗎？」

「今天我已經買回來了！」

「我相信你今天買魚回來了，你還哭什麼？真傻。」

「但是我沒拿魚回來……。」

「魚掉了，被卡車壓糊了對不對？」

「不！你不知道。你不知道。你以為我在騙你……。」

「阿公完全相信你的話。」

「我不相信。」

「那麼你到底要我怎麼說？」老人實在煩不過了，他無可奈何地攤開手。

「我不要你相信，我不要你相信……。」阿蒼一邊嚷，一邊把拿在手裡的葫蘆水瓢摜在地上，像小牛一般地哭起來。

老人被他這樣子纏得一時發了無名火，隨手在門後抓到挑水的扁擔，一棒就打了過去。阿蒼的肩膀著實地挨了一記，趕快奪門跑了出去，老人緊跟在後追。

阿蒼跑過茶園，老人跟著跑過茶園。阿蒼跑到竹叢那裡，急忙地往五六尺深的坎，跳到回家來的山路上。老人跟到竹坎上停下來了。阿蒼回頭看到老人停下來，他也停下來。他們之間已經拉了一段很遠的距離。

老人一手握著扁擔，一手搭在竹上，喘著氣大聲地叫。

「你不要再踏進門，我一棒就打死你！」

阿蒼馬上嘶著嗓門接著喊了過來。

「我真的買魚回來了。」

傍晚，山間很靜。這時，老人和小孩瞬間裡都怔了一怔。

因為他們都同時很清楚地聽到山谷那邊的回音說：

「——真的買魚回來了。」

〔說明〕

黃春明（1939年生），臺灣省宜蘭縣人。現代小說家，作品多寫實，擅長於寫小人物的悲劇，以激發人們的愛心和同情心。著有「兒子的大玩偶」、「莎喲娜啦・再見」、「鑼」等書。

「魚」這一篇，是從「兒子的大玩偶」中節選出來的，作者藉一條魚，來描寫祖孫之間的親情，為一篇寫實的短篇小說。反映早年居住山區的人們，過著堅苦而樸質的生活；與今日民間的富庶，真是不可同日而語。如今民間的生活水準提高了，人們富裕了，再讀這類描寫貧困的生活，像神話，像一場夢，幾乎難以相信。作者用平實的文筆，借對話表達了祖孫二人，因失落了一條魚而在心情上的種種變化，至為傳神。

這是一篇富有戲劇性的小說，人物雖然簡單，但情節變化很大。因此，在朗誦的處理上，便異於一般獨白式的散文。全篇只用三人來道述，採戲劇性的對話，老人和小孩，此外用一旁白，加以烘托，文中有些鋪敘的句子，因美讀關係而略加刪除。在鋼琴和提琴的配樂下，能襯出情節的轉進與變化，使平靜的山區生活，為了一條魚，而起了回響。

三、一朵小花　殷穎的作品

　　月來天寒兼陰雨，庭前新綻的淡黃色玫瑰，不勝雨滴的負荷，慵懶無力地垂下頭來，在絲絲的冷雨中顯得楚楚可憐。我端詳了一陣之後，決定採下來，置諸案頭。

　　我曾經欣賞過許多插花名作，插得疏落有致，濃淡相宜，遠近合度；擺在客廳中，顯得生氣勃勃，芬芳四溢，搶盡了鏡頭，甚至連壁上的名畫，也相顧失色。但插在瓶中或盆中的花卉，是以剪裁取勝，人們往往欣賞它的布局、結構、氣韻，勝於每一枝花朵。所以花朵本身的美，反倒被人忽略了。現在我將這朵淡黃色的玫瑰採下來，單獨插在一個粗如手指的小瓶中，放在稿紙旁邊，當我俯首在案上寫作時，這朵小花與我頭部的距離近不盈尺；當我偶爾抬頭時，映入我眼中的是一個很大的特寫鏡頭。這朵淡黃玫瑰的整個容貌，深深地印在我的心中，甚至花瓣的每一條細緻的紋理，都能宛然入目。而呼吸間一絲淡淡的甜甜的芳香，便瀰漫了我的案頭。使我能切實地感覺它的存在，完整地享受這朵造物主的傑作，而且在短短幾秒鐘內，我與這朵小花之間，便建立起永恆的友誼。使我深深地後悔在過去忽略了大自然造化的神奇，徒將歲月浪擲在紛擾的生活中，心胸間淤塞了如山的塵垢，如海的煩惱，何曾騰出一絲空隙來，在枯寂的心靈中，插上一枝生命的花朵。

　　有一個小故事說，一個生性慵懶邋遢的人，生活凌亂，邊幅不修，居處不堪入目。一天，有一位朋友送給他一束鮮花，他靜靜地欣賞那束花朵，覺得美極，便找出了塵封已久的花瓶，

洗擦乾淨後，將花束插起來。但桌上積滿了塵垢，擺上鮮花很不調和，於是便將桌子收拾清潔；但四顧屋內，蛛網塵封，與桌上鮮花成為強烈對照，便開始整頓室內環境；室內整頓好了以後，看看院中亂草叢叢，垃圾處處，也覺不妥，便將四周也力加清除。然後覺得心中非常舒暢，但攬鏡一照，發現自己囚首垢面，衣衫醜齪，與整潔的環境、美麗的鮮花截然不配，祇好再將自己梳洗修飾一番。最後，由於這一束花朵，使他整個的環境與人都更新了、美化了。而且由於外在的改變，也影響了他的心靈，使他在無形中接受了一個嶄新的人生觀。從一個頹唐慵懶的人，一變而成為一個奮發向上的青年了。

這雖是一個小故事，卻含有深刻的啟示。

我再凝視這朵小花，神遊於層層的蕾瓣之間，它那薄薄的淡黃色花瓣與絲絲的芳香，構成了眼前一片寧靜的世界，立刻覺得心中那些縈繞起伏的雜念，都逐漸沉澱，頓感心靈澄澈明透，浸潤在一種幽邈愉悅的色澤裡，我意識到，我已經跨越了固陋的自我，而進入純美的境界了。

〔說明〕

殷穎（1930年生），山東省膠縣人。曾在美國攻讀新聞，為現代散文作家，著有「歸回田園」等書。

「一朵小花」是從「歸回田園」中選錄出來的。這篇小品的主題，在說明由於案頭的一朵小花，使他整個的環境和人都更新、美化了。同時，由於外在環境的改變，也影響到他的心靈，使他在無形中接受了一個嶄新的人生觀。從一個慵懶的人，一變為奮發向上的青年。作者藉一則小故事的啟示，而改變了整個的人生觀。

跟「一朵小花」類似的小故事，便是「一雙象牙筷子」，因使用一雙象牙筷子，於是覺得粗糙的碗不能相襯，便換個好碗，但碗裡盛的粗菜淡飯，也不合適。終於由一雙象牙筷子，而變成過奢侈的生活，最後遭致身敗名裂。這類含有寓言性的小故事，很富教育意義，可以與「一朵小花」相對照。

本篇朗誦處理，由一男聲獨誦。一人獨誦，單靠純熟的技巧，語調的緩急快慢、抑揚頓挫，由朗誦者隨文意而變化。所以獨誦也是最基本的朗誦方式，無法旁藉其他的聲音掩拙。有了這基本的朗誦條件，才能跟他人配合，造成朗誦方式更多的變化。在這十四篇散文中，一人獨誦的方式，只這一篇，也可以從這裡體會獨誦的奧妙。本篇文意較單純，不用對話，人物也是單一的，但在配音上，卻不能用單一的樂器獨奏，不然就顯得太簡單了。

四、我所知道的康橋　徐志摩的作品

靜極了，這朝來水溶溶的大道，祇遠處牛奶車的鈴聲，點綴這周遭的沉默。順著這大道走去，走到盡頭，再轉入林子裡的小徑，往煙霧濃密處走去，頭頂是交枝的榆蔭，透露著漠棱棱的曙色；再往前走去，走盡這林子，當前是平坦的原野，望見了村舍、初青的麥田；更遠三兩個饅形的小山掩住了一條通道，天邊是霧茫茫的，尖尖的黑影是近村的教寺。聽，那曉鐘和緩的清音。這一帶是此邦中部的平原，地形像是海裡的輕波，默沉沉地起伏；山巖是望不見的，有的是常青的草原與沃腴的田壤。登那土阜上望去，康橋祇是一帶茂林，擁戴幾處娉婷的尖閣。嫵媚的康河也望不見蹤跡，你祇能循著那錦帶似的林木

想像那一流清淺。村舍與樹林是這地盤上的棋子，有村舍處有佳蔭，有佳蔭處有村舍。這早起是看炊煙的時辰，朝霧漸漸地升起，揭開了這灰蒼蒼的天幕，遠近的炊煙，成絲的，成縷的，成捲的，輕快的，遲重的，濃灰的，淡青的，慘白的，在靜定的朝氣裡漸漸地上騰，漸漸地不見，彷彿是朝來人們的祈禱，參差地羼入了天聽。朝陽是難得見的，這初春的天氣；但它來時是起早人莫大的愉快。頃刻間這田野添深了顏色，一層輕紗似的金粉糝上了這草、這樹、這通道、這莊舍。頃刻間這周遭瀰漫了清晨富麗的溫柔。頃刻間你的心懷也分潤了白天誕生的光榮。「春！」這勝利的晴空彷彿在你的耳邊私語。「春！」你那快活的靈魂也彷彿在那裡回響。

×   ×   ×

伺候著河上的風光，這春來一天有一天的消息；關心石上的苔痕，關心敗草裡的鮮花，關心這水流的緩急，關心水草的滋長，關心天上的雲霞，關心新來的鳥語。怯怜怜的小雪球是探春信的小使；鈴蘭與香草是歡喜的初聲；窈窕的蓮馨、玲瓏的石水仙、愛熱鬧的克羅克斯、耐辛苦的蒲公英與雛菊——這時候春光已是爛漫在人間，更不須殷勤問訊。

瑰麗的春假，這是你野遊的時期。可愛的路政，這裡哪一處不是坦蕩蕩的大道？徒步是一種愉快，但騎自轉車是一種更大的愉快。在康橋騎車是普通的技術，婦人、稚子、老翁，一致享受這雙輪舞的快樂。任你選一個方向，任你上一條通道，順著這帶草味的和風，放輪遠去，保管你這半天的逍遙是你性靈的補劑。這道上有的是清蔭與美草，隨地都可以供你休憩。你如愛花，這裡多的是錦繡似的草原。你如愛鳥，這裡多的是

巧囀的鳴禽。你如愛兒童，這鄉間到處是可親的稚子。你如愛人情，這裡多的是不嫌遠客的鄉人，你到處可以掛單借宿，有酪漿與嫩薯供你飽餐，有奪目的鮮果恣你嘗新。……帶一卷書，走十里路，選一塊清靜地，看天，聽鳥，讀書；倦了時，和身在草綿綿處尋夢去——你能想像更適情、更適性的消遣嗎？

　　陸放翁有一聯詩句：「傳呼快馬迎新月，卻上輕輿趁晚涼。」這是做地方官的風流。我在康橋時雖沒馬騎，沒轎子坐，卻也有我的風流，我常常在夕陽西曬時，騎了車迎著天邊扁大的日頭直追。日頭是追不到的，我沒有夸父的荒誕，但晚景的溫存卻被我這樣偷嘗了不少。有三兩幅畫圖似的經驗至今還是栩栩地留著。祇說看夕陽，我們平常祇知道登山或是臨海；但實際祇須遼闊的天際，平地上的晚霞有時也是一樣的神奇。有一次，我趕到一個地方，手把著一家村莊的籬笆，隔著一大田的麥浪，看西天的變幻。有一次，是正衝著一條寬廣的大道，過來了一大群羊，放草歸來的，偌大的太陽在它們後背放射著萬縷的金輝，天上卻是烏青青的，祇膩這不可逼視的威光中的一條大路、一群生物！我心頭頓時感著神異性的壓迫，我真的跪下了，對著這冉冉漸隱的金光。再有一次，是更不可忘的奇景，那是臨著一大片望不到頭的草原，滿開著豔紅的罌粟，在青草裡亭亭的像是萬盞的金燈，陽光從褐色雲裡斜著過來，幻成一種異樣的紫色，透明似的，不可逼視，剎那間在我迷眩了的視覺中，這草田變成了……不說也罷，說來你們也是不信的！

〔說明〕

徐志摩（1896～1931），原名章垿，浙江省海寧縣硤石鎮人。為新

月派重要詩人，兼散文家。他的散文很華采，帶有詩的成分。著有「徐志摩的詩」、「再別康橋」、「梅雪爭春」等詩集；「徐志摩散文集」、「北戴河海濱的幻想」等散文集，今合印為「徐志摩全集」。

「我所知道的康橋」是從「徐志摩全集」中選錄出來的，是作者追憶留學英國時，在康河時一些難忘的生活。全文共十四小節，而此僅節取其中的後半。開端描寫春天的早晨，康橋附近的景色，寧靜優美，如一幅油畫。其次寫河上的風光，清麗可愛，到處是一片花開鳥語，春光爛漫。繼而寫這一帶可供野遊，你將在此消磨一整天，也不覺得疲倦，那種適情適性的排遣，真是新鮮。接著敘述康河一帶落日時分，壯麗如同神境。結束時，以別後兩年來，對康橋的懷念。

異國的風光，他鄉的離愁，在作者筆下，猶能流露出東方的風流雅致。作者善用豐富的情感，綺麗的聯想，縣密的排比，詩人的觸覺，加上愛美、愛自由的浪漫心思，構成「我所知道的康橋」，像一幅畫、一首詩、一處人間的仙境。從他的作品中，隨處都可以感受到，作者畢竟是愛的追尋者、美的追尋者、理想的追尋者。

在鋼琴和小提琴的協奏曲下，使朗誦的語調，也因文章的詩化而美化了，使你如同置身於康橋間，隨春光的嫵媚，隨花香草息，感染上歡悅的氣息。在輕快的節奏中，由男聲主誦，或偶加入一些女聲，或齊誦，或疊誦，或輪誦，使文意的脈理更為清楚，結構也更顯著可知。所以從朗誦的處理上，可以體會出文章的段落脈理，文章氣勢和韻致，以及全篇情節的變化。

五、生活的藝術　夏丏尊的作品

新近因了某種因緣，和方外友弘一和尚聚居了好幾日。他

這次從溫州來寧波，原預備到了南京再往安徽九華山去的。因為時局不靖，交通有阻，就在寧波暫止，掛褡於七塔寺。我得知就去望他。雲水堂中住著四五十個遊方僧。鋪有兩層，是統艙式的。他住在下層，見了我微笑招呼，和我在廊下板凳上坐了，說：

「到寧波三日了。前兩日是住在某某旅館裡的」

「那家旅館不十分清爽吧。」我說。

「很好！臭蟲也不多，不過兩三隻。主人待我非常客氣呢！」

他又和我說了些輪船統艙中茶房怎樣待他和善，在此地掛褡怎樣舒服等等的話。

我憫然了。繼而邀他明日同往白馬湖去小住幾日，他初說再看機會，及我堅請，他也就欣然答應。

行李很是簡單，鋪蓋竟是用破舊的席子包的。到了白馬湖後，在春社裡替他打掃了房間，他就自己打開鋪蓋，先把那破舊的席子叮嚀珍重地鋪在床上，攤開了被，再把衣服捲了幾件作枕。拿出黑而且破得不堪的毛巾走到湖邊洗面去。

「這手巾太破了，替你換一條好嗎？」我忍不住了。

「那裡！還好用的，和新的也差不多。」他把那破手巾珍重地張開來給我看，表示還不十分破舊。

他是過午不食了的。第二日未到午，我送了飯和兩碗素菜去（他堅說只要一碗的，我勉強再加了一碗），在旁坐了陪他。碗裡所有的原只是些萊菔、白菜之類，可是在他卻幾乎是山珍海味一般，喜悅地把飯划入口裡，鄭重地用筷夾起一塊萊菔來的那種了不得的神情，我見了幾乎要流下歡喜慚愧之淚了！

第二日，有另一位朋友送了四樣菜來齋他，我也同席。其

中有一碗鹹得非常的，我說：

「這太鹹了！」

「好的！鹹的也有鹹的滋味，也好的！」

我家和他寄寓的春社相隔有一段路，第三日，他說飯不必送去，可以自己來喫，且笑說乞食是出家人的本等的話。

「那麼逢天雨仍替你送去吧！」

「不要緊！天雨，我有木屐哩！」他說出木屐二字時，神情上竟儼然是一種了不得的法寶。我總還有些不安。他又說：

「每日走些路，也是一種很好的運動。」

我也就無法反對了。

在他，世間竟沒有不好的東西，一切都好，小旅館好，統艙好，掛褡好，破舊的席子好，白菜好，萊菔好，破舊的手巾好，鹹苦的蔬菜好，跑路好，什麼都有味，什麼都了不得。

這是何等的風光啊！宗教上的話且不說，瑣屑的日常生活到此境界，不是所謂生活的藝術化了嗎？人家說他在受苦，我卻要說他是享樂。當我見他喫萊菔白菜時那種愉悅的光景，我想：萊菔白菜的全滋味、真滋味，怕要算他才能如實嘗得的了。對於一切事物，不為因襲的成見所縛，都還他一個本來面目，如實觀照領略，這才是真解脫、真享樂。

藝術的生活，原是觀照享樂的生活。在這一點上，藝術和宗教實有同一的歸趨。凡為實利或成見所束縛，不能把日常生活咀嚼玩味的，都是與藝術無緣的人們。真的藝術，不限在詩裡，也不限在畫裡，到處都有，隨時可得。能把他捕捉了用文字表現的是詩人，用形象和五彩表現的是畫家。不會作詩，不會作畫，也不要緊，只要對於日常生活有觀照玩味的能力，無

論誰何，都能有權去享受藝術之神的恩寵。否則雖自號為詩人畫家，仍是俗物。

　　與和尚數日相聚，深深地感到這點。自憐圇圇吞棗地過了大半生，平日喫飯著衣，何曾嘗到過真的滋味！乘船坐車，看山行路，何曾領略到真的情景！雖然願從今留意，但是去日苦多，又因自幼未曾受過好好的藝術教養，即使自己有這個心，何嘗有十分把握！言之憮然！

〔說明〕

　　夏丏尊（1885～1946），名鑄，浙江省上虞縣人。曾任暨南大學教授，開明書店編輯，為近代散文家，與朱自清、郁達夫等齊名，但風格各異。著有「文心」、「平屋雜文」等書，並譯有「棉被」、「愛的教育」等作品。

　　「生活的藝術」是從「平屋雜文」中選錄出來的。作者記敘弘一和尚隨遇而安的生活。在我們的日常生活中，只要能隨遇而安，處處以觀照的心情來過日子，那麼沒有一事、沒有一日不是至樂的了。這時，便可以享受人間生活的樂趣。作者從宗教的寡欲修為，轉到日常生活的藝術化，使人間一般所謂的受苦，也視為是一種考驗和享樂，因此苦樂全在於一己之心的感受。這篇文章本來是說理的題材，經作者換一個方式的表達，卻成一篇記述小故事的記敘文了，而故事的報導，耐人尋味，且有親切感，不致於枯燥。

　　本篇朗誦的處理，先由琴聲和笛聲，交織成空靈和恬淡的境地，再由客和弘一和尚的對話，造成方外之士的恬淡和隨遇而安的心境，從美讀聲中流露出來。泠泠的古琴，便有樸質的本色，發越的笛聲，便有飄逸嫵媚的美感，配以本篇的內容，便顯示出東方神秘、古老的

色彩，重心靈的觀照，不重外物的追求，於是安步可以當車，青菜菜菔也可以當做美味了，這難道不是生活的藝術嗎？也是人生生活的最高境界。

六、失根的蘭花　　陳之藩的作品

　　顧先生一家約我去費城郊區一個小的大學裡看花。汽車走了一個鐘頭的樣子，到了校園；校園美得像首詩，也像幅畫。依山起伏，古樹成蔭，綠藤爬滿了一幢一幢的小樓，綠草爬滿了一片一片的坡地；除了鳥語，沒有聲音。像一個夢，一個安靜的夢。

　　花圃有兩片，裡面的花，種子是從中國來的。一片是白色的牡丹，一片是白色的雪球；在如海的樹叢裡，閃爍著如星光的丁香，這些花全是從中國來的吧！

　　由於這些花，我自然而然地想起北平公園裡的花花朵朵，與這些簡直沒有兩樣；然而，我怎樣也不能把童年時的情感再回憶起來。我不知為什麼，總覺得這些花不該出現在這裡。它們的背景應該是來今雨軒，應該是諧趣園，應該是故宮的石階，或亭閣的柵欄。因為背景變了，花的顏色也褪了，人的情感也落了。淚，不知為什麼流下來。

　　十幾歲，就在外面飄流，淚從來也未這樣不知不覺地流過。在異鄉見過與童年完全相異的東西，也見過完全相同的花草；同也好，不同也好，我總未因異鄉事物而想過家。到渭水濱，那水，是我從來沒有看過的，我只感到新奇，並不感覺陌生；到咸陽城，那城，是我從來沒有看過的，我只感覺它古老，並

不感覺傷感。我曾在秦嶺中揀過與香山上同樣紅的楓葉，在蜀中我也曾看到與太廟中同樣老的古松，我也並未因而想起過家；雖然那些時候，我曾窮苦得像個乞丐，而胸中卻總是有嚼菜根用以自勵的精神。我曾驕傲地說過：「我，到處可以為家。」

　　然而，自至美國，情感突然變了。在夜裡的夢中，常常是家裡的小屋在風雨中坍塌了，或是母親的頭髮一根一根地白了；在白天的生活中，常常是不愛看與故鄉不同的東西，而又不敢看與故鄉相同的東西。我這時才恍然悟到我所謂的到處可以為家，是因為尚未離開那片桑葉；等到離開國土一步，即到處均不可以為家了。

　　美國有本很著名的小說，上面穿插著一個中國人，這個中國人是生在美國的，然而長大之後，他卻留著辮子，說不通的英語，其實他英語說得非常好。有一次，一不小心，將英語很流利地說出來；美國人自然因此知道他是生在美國的，即問他，為什麼偏要裝成中國人呢？他說：「我曾經剪過辮子，穿起西裝，說著流利的英語；然而，我依然不能與你們混合，你們拿另一種眼光看我，我感覺苦痛……。」

　　花搬到美國來，我們看著不順眼；人搬到美國來，也是同樣不安心；這時候才憶起，故鄉土地之芬芳，與故鄉花草的豔麗。我曾記得，八歲時肩起小鐮刀跟著叔父下地去割金黃的麥穗。而今這童年的彩色版畫，成了我一生中不朽的繪畫。

　　在沁涼如水的夏夜中，有牛郎織女的故事，才顯得星光晶亮；在群山萬壑中，有竹籬茅舍，才顯得詩意盎然；在晨曦的原野中，有拙重的老牛，才顯得純樸可愛。祖國的山河，不僅是花木，還有可歌可泣的故事，可吟可詠的詩歌，是兒童的喧

嘩笑語與祖宗的靜肅墓廬，把它點綴美麗了。

古人說：「人生如萍」——在水上亂流；那是因為古人未出國門，沒有感覺離國之苦。萍還有水流可藉；以我看：人生如絮，飄零在此萬紫千紅的春天。

宋末畫家鄭思肖畫蘭，連根帶葉均飄於空中。人問其故，他說：「國土淪亡，根著何處？」國，就是根，沒有國的人，是沒有根的草，不待風雨折磨，即行枯萎了。

我十幾歲就無家可歸，並未覺其苦。十幾年後，祖國已破，卻深覺出個中滋味了。不是有人說：「頭可斷，血可流，身不可辱」嗎？我覺得，應該是「身可辱，家可破，國不可亡。」

〔說明〕

陳之藩（1926年生），河北省霸縣人。天津北洋大學工學院畢業，曾任職國立編譯館。留學美國，為電機工程科學家。著有「旅美小簡」、「在春風裡」、「劍河倒影」等書。

「失根的蘭花」是從「旅美小簡」中選出來的。這是一篇扣人心絃的散文，寫作者在國外因思鄉激發出愛國的赤忱。人人都愛家愛國，在平時這種情操不容易流露出來，但在非常的環境下，危難的時代中，便會激起澎湃的愛國潮，流露出義薄雲天的壯舉，做出驚天地、泣鬼神的偉大事蹟。作者寫這篇文章，正是在非常的時代，隻身在異國求學，感念國家的多難，異邦人士的歧視，藉到費城一所大學去看花，引發起遊子的鄉愁，激發出炙人的愛國情操，就如杜甫春望中所說的「感時花濺淚，恨別鳥驚心」。

全文中由於看花，聯想到故國的花木庭院，道述作者十幾歲便離家，飄流在外，養成嚼菜根、吃苦耐貧的自勵奮發精神，並以到處可

以為家的浪子情懷為傲。但自去國後，想要到處可以為家，也都難了，所見所聞都與故鄉故國不同，因此報導一則生長在美國的中國人，遭到歧視的故事，真是一字一淚，一字一血了。這時，再回想祖國的一事一物，都美得可以在心頭咀嚼千遍。文末借鄭思肖的畫蘭，只畫根葉，不畫土，暗示國土淪亡，根著何處？並切中文章的標題：「失根的蘭花」。意義至為深長。與都德的「最後一課」，亞米契爾的「意大利少年」，同是激人情懷的好作品。

　　本篇朗誦處理也是經過一番用心，聲隨文情發展，由輕快到凝重，由眼前到追憶，由感傷到自勵，由悲憤到憤慨，這種種複雜的情感，都要從朗誦時的語氣中流露出來。由於在朗誦的安排上，由一男聲主誦，另一女聲和應，至於其他的聲音，只是烘托男女主誦的氣勢，使它不致於中途衰竭，有時男女主誦齊頭並進，有時或前或後，配樂的音響，也能切中情節，聽了這篇文章的美讀，我想你也會隨聲浪而澎湃，在心頭久久難以平靜吧！